Human構造

ローレル・テイラー

七月堂

目次

Human 構造

粒

詞の粒を舌でつぶして
ゴツゴツした粘膜上に汁が
谷を探って沈んでミライと忍び合う
甘酸っぱいあいびきの瞬間を
のば　あ　あ　あ
ころしてのむ
つぶされた粒を哀悼せずまた赤宝石を
次から次へ掴み取り言語空腹を
満足させる不可能性をわかりながら
さとりながら
つぶつぶつぶつぶ濃　お　お　お

詞の血をのみほす
時間が経てば経つほど
絶頂食を登り超え詞のつぶが完全に消え
音そのものも亡びてゆく

なのに
舌の谷を探って沈んでミライと忍び合えば
化石のように暗赤の跡と出会うかもしれない
knife《ナイフ》 のなかに knight《ナイト》 のなかに know《ノ》 のなかに
美味しいのなかに美しいのなかに
神様になったかのように跡を
よみがえらせようとする
美味しき　美しき
クッナイフッ《cnif》　クッニヒットッ《cniht》　クッナウェン《cnawan》
跡の発酵血泥を無理矢理味わってみ

き　クッ　ヒッ　き　トッ　クッ　クッ　クックックククク
鴉の群れにでもなった感覚が
谷より深く暗く洞窟にまで舞い降り
音の窒息死を告げる
谷が凝固した汁に汲み込まれ動けなくなり
しょうがなく音の死体を吐き出す
悲しまないで　と鴉のコロスが慰めてくれる
黙字になったkの死体の上に死の前兆が
翼で黒い輪を描き悲嘆を挙げる
クククク　クックッ　クッ　き　クッ　クッ　い　ッ　　ッ

なんて美味しき《ぃ》もの

あの黙字のk
あの死体、あの濃いつぶの汁

はなしてみたら舌が動けるようになり
また新しいつぶへ回し向かう
今回は何をのみほし沈黙にさせるだろうか

家庭管理

シー私は巣を紡ごうと思って異変乳首から糸を引いて二重を重ねてチタン編棒四号に目をかける。裏目ひとつずつで巣を広げるけど私は小さな間違いが見える。私の編むスピードより早くプロバイオティクに作られた泡が二酸化炭素で膨らんでパンと穴を開ける。編み物に穴があるはずだと自分に慰める。編棒四号を穴に通す。また通す糸をかけて、ハサミの足のように編棒を広げて小さな間違いを大きな誤謬にする。乳首糸巣はまだ構造的に安定しているけどどのぐらいかわからない。穴から光が見える。また穴を開ける、その中にもずもずと入る。体の周りに糸がくっついて、離れて、反響する。ぶら下げる糸に日光が輝き私はそれを弾く。C_5良い始まり。巣から糸を引いて、乳首から糸を引いてハープに弦を張る。どんな音符もC_5テノールC。C C C四《し》。巣が出来上がり耳が喜びお腹が空いている。異変息で巣に香をつける。ビール、葉巻、煙、焼肉、路地裏。男らしい匂いを男らしい男に。彼は来る。彼は潮の匂いがする。　死。

シー子《し》マン？

Cの詩ハープを監視して私《し》を視《し》よ。彼は叫ぶ。彼はCする。ハープ反響。彼の塩がうまい。満腹の私は巣に落ち着いて潮Cの歌を子マンに歌ってあげる。私の卵がすぐ生まれてボタリと落ちる。編棒四号で新しい巣を作る誤謬を減らした袋を。出来上がった袋を糸にくっついて異変の卵を突っ込む。卵あり男なし袋。卵が孵化の時期に孵化する。私は巣を置き去る。子の叫びに反響するＣ弦の不協和音が聞きたくない。私の巣は潮除いて沈黙すべき。私は岸へ行く。また糸を引くけどプロバイオティク気体の危険さを習ったから私は空気を吸って糸に消毒液を浴びせて、激しくキツくてキツイ繭を編む。ミイラのよう糸で包まれた私の肉が溶けて、骨が溶けて、目が溶けて、耳だけがそのまま潮のCの詩を聴き続ける。波が523ヘルツでかかってくる、潮上げ。そつなし、子なし、気体なしまゆが潮に運ばれて浮かんでゆく。液化浮かんでゆく私はまだ塩の子マンが味わえる。これは私の憧れた家庭。

布石《レゴリス》

人魚になりたくなってきたから電車に乗って築地へ向かう
人間が人魚になるために鱗が必要だろうと思い
一番大きな魚を探し出すその王様そのマグロ
だが残念ながらマグロは鱗でなく鱗甲《りんこう》という
人間にあまりにも小さすぎなものにたっぷり塗られている
大きな魚　　小さな甲　　大きな値

鱗甲が顕微鏡でしか見えないからマグロ王様をあきらめ
もっと大きい鱗のある油たっぷりのキング
一番大きなサーモンを探り鱗を十円玉で一枚買い
足親指の爪に鱗一枚を強力瞬間接着剤でつけ

じ――っと見つめる違和感が脳髄裏に咲いてしまう
小さな鱗　　　　大きな爪　　　　小さな気持ち

仕方なくグーグルで世界一の鱗を検索し
ネパールへの飛行機切符を残りの貯金で買う人魚だって
お金いらないし脳髄の裏に大きくなった違和感が本能に変更し
着いたらわたしは身をその本能に許しヒマラヤを登り始める
人間の跡の全くない山頂の冴え変えた川でとうとうTor Tor 菩薩
大きな魚　　　　小さなわたし　　　　大きな鱗

Tor Tor 様の命をいただき注意と尊敬を払いながら鱗を一枚一枚
ナイフでこじ開けトランプほどの銀鱗を人魚形に並ぶ
自分の足皮膚をナイフで開き銀鱗を一枚ずつ突っ込み
身が変更し空気が吸えなくなり脳髄の裏の本能が
巨大な渇望に膨らみ理性思考を無くしたわたしは川に滑り込む

小さなわたし　　大きな寒さ　　小さな意志

満月に睨まれている銀色のわたしは川の流れに従い南へ南へ
渇望に応えるために鯨も鮫も大王烏賊を丸ごと食べ続け
空腹が満腹になったにもかかわらず理性のないわたしは
心も捨て空からアホウドリを捕まえそのとんでもない翼を
自分の腕と交換し人形のように空へ不器用に飛び上がる
大きな翼　　小さな月　　大きな悪意

とびとび上がり上がり地球の大気を脱出しすごい渇望が
虚弱に縮み身の何もかもがうどんのように
太くだるくなるけど運動量が続き
軌道のままに宇宙を流れていくわたしは衰え
衰え月に衝突し人魚でもハーピーでもないわたしが月のレゴリスになる
小さなわたし　　大きな爆発　　小さな終わり

凝視

あなたは眼球十四個に見られました
あなたは眼球二十八個に見られました
あなたは眼球六十六個に見られました
見られたかったでしょう
見られたいでしょう
見られてどんな気持ちですか
気持ちいいでしょう
見られるためにどうしますか
おっぱいを見せてくれますか
筋肉を見せてくれますか
ちんぽを見せてくれますか

怒りを見せてくれますか
苦痛を見せてくれますか
眼球二百二個があなたのおっぱいを転がっています
眼球千三百八十四個があなたの筋肉を転がっています
眼球五千七百四十八個があなたのちんぽを転がっています
ぬるぬるとコロコロしてどんな気持ちですか
気持ち悪いでしょう
けれどもあなたはあんまり見せてしまって
眼球の数が増加しています
あなたの体は眼球の巣です
あなたの全ては眼球の餌です
眼球の絨毯の下にあなたがもう見られていません
あなたはアルゴスになりました
あなたはあなたを見ています
あなたはあなたに見られています

あなたはあなたを分からないまま
眼球のモノになりました
眼球はあなたを分からないまま
あなたの主になりました
飼われてどんな気持ちですか
安心しているでしょう
緊張しているでしょう
神経を尖らせているでしょう
あなたは鋭い神経を手に取って
神経の刃先で眼球の臍帯を切ります
神経の刃先で眼球を切ります
神経の刃先で眼球のゼリーを塗ります
ゼリーの上に水晶体をつけます
透明のゼリーがあなたの
おっぱい、筋肉、ちんぽ

あなたの体、あなたの全てを
透明にしてくれます
屈折の水晶体があなたの
おっぱい、筋肉、ちんぽ
あなたの体、あなたの全てを
屈折にしてくれます
あなたは眼球に見られていません
あなたはあなたを見ていません
あなたはあなたに見られていません
あなたが見られるのは不可能です
光があなたの周りに曲がれます
曲げられてどんな気持ちですか
自由でしょう
寂しいでしょう
ユリイカでしょう

眼球のないところに
光の向こう側に

移り変わり

私は私とベッドの毛布の上に寝転がって
生地が薄くなっているのを気づく
　最近なんでもかんでも薄いな
うん
十年前買った今も履いている
青白シマシマのオルドネイビーのスカートも
十年前ゴミ箱あさりで見つけた
アラビア風の柄がついたクッションも
その絹のまねをしたポリエステルを撫でたら
よしよし
　なぐさめても時間の擦り切れを

逆転させることになれないよ
んで？
大の字になって私は私の腹に腕をとろりと落とす
私はいつも暑すぎて汗がおっぱいの下や
背骨の谷に流れているのを感じてブルっとする
腹と手の間にも汗が液化し始める
私は私の違和感を感覚したようにシャツの裾を
持ちあげてふわふわと風をおくってくれる
秋になっても薄くていいのさ
秋こそカラになれば
顔面の上の永遠に続きそうなオーツミール空気
お湯も冷えてしまって牛乳も凝乳に変化した
砂糖も塩もないそのポリッジが皮膚に重く押されてくる
私は私に向いて体を横にすると
私の手がベッドにドンと落ちる

そろそろ水で呼吸できるようにならないと
　私のあたまはまだ水平線の上にあるよ
子供の頃水泳レッスンを受けたけど
オーツミールでの立ち泳ぎ方を教えた日は
休んでしまったようだ
二年続いて耳の感染症で休みすぎたから
水泳級をあげられずに結局あきらめた
　穴が空いたらどうする
　あのつくろう道具をもらったから
糸くずのかばんがもう爆発しそう
だからそのいろとりどりのごちゃ混ぜごみで
穴に経糸と横糸をおってカラをだんだん埋めていく
布巾が出来上がったらオーツミールの塊が
押される方になるのに間違いない
　カッコつけているんじゃないか

うん
私は私を目の端からぼうと眺める
私こそがカッコつけていると言いたくて
とろりとした手をオーツミールに通して
私のほっぺを掴んでグッと剥ぎ取る
その破り音が痛快で苦痛で私の足指がぐうとする
お腹がついた
冷蔵庫にベビーキャロットしかないよ

飛行便

洗濯したてのすべすべバンブーシーツの間に滑り込んで暖かすぎるベッドルームの中で私はごろごろと左右に転がって一日中の物事を噛みながら心配を巻きつける。蛹に入る。いや。ミイラになる。冬の砂漠でひび割れてきた皮膚がだんだん硬くなって収縮フィルムのように筋肉にぴったりつく。喉より吐く息がゼーゼーと世界に生まれて私は祭司を待つ。ミイラ化は魂を保つための方法の一つ。保つ必要はあったのか。魂って自然に永遠に続くものじゃなかったんだ。体をこの激しい儀式に従わせるより他の方法はないのか。まあ、ミイラになった私は他の方法を見つけるわけにはいかないけど。これから祭司は私の内臓を取り外す、あるいは自由にする儀式を始める。さようなら、肝臓よ。あなたたちはきれいな壺で暮らすことになる。私の魂が腐らないようにきれいな塩山の洞窟で暮らすことになる。シーツの蛹の皮膚と骨の中のままで。洞窟の中に私は一人じゃない。猫の魂、ワニの魂、犬の魂、星空のように塩の結晶にかすかな光を放つ。動かない私が動いている、優しい光の流れに。動かない私たちが動いている、太鼓の一定のビートに。これが帰り道だ。宇宙のなんでもかんでもが爆発した前の点に。シーツに入ってからずっと息を吐いていた私は一瞬取り外された肺に命令する。ホルド。光をホルド。塩をホルド。バンブーのすべすべ涼しさをホルド。

そう。

これだ。この静けさ。

吸え。

もっと吸え。心配を、酸素を、水を、世界の匂いを。ホルド。ホルド。吐け。肩が溶けるとたんは着陸だ。

細胞記憶

いつか見ず知らず人から心臓をもらった
自分の心臓は家族の関係でダメになって
内科に行ったらあなたの内臓を
直せますよと言われましたからそれでは
お願いしますとお願いしました。医者を
待っている間、看護師に聞いてみました
ダメな心臓イコールダメなこころですか
心臓がダメだとしてもこころがダメだと
いうわけじゃないけどダメなこころなら
ダメな心臓ですね。じゃ私のこころは？
こころなら心理科との相談が必要ですね

簡単に

思った通り関係あります。心臓に心理に
このこころ。心臓はただの筋肉とはいえ
その肉の間に細胞の隙間に他の　　何かが
宿っているよう。私の命は単なる科学の
結果ではなく「る」が「た」になる前の
妙なスペースにもあるよう。心臓医師が
真っ白なコートで真っ白な表情で部屋に
入って真っ白な予後を私に伝えてくれて
さっさと手術室へと。看護師の群れ連れ
担架に乗っている私の頭はまだ診断室に
残っている。肋骨の中の内臓を　　簡単に
入れ替えて簡単に捨てれるならこころも
捨てやすいというわけだろうかそれとも
その肉や細胞や筋の隙間の　　何かは
血管や脂肪で体に内臓に繋がれていない

ならばダメな心臓をとり出してもダメな
こころはいつづけて、　　　　　　見ず知らず人に
もらった中古心臓を毒してしまうのでは
と心配しながら麻酔医師が麻酔をかけて
私はとりあえずこころのダメさに関して
心理科に相談するチャンスを　　　　のがした
回復室に目覚めたら胸が痛いけれど傷の
痛みではなく、子どもの頃を振り返って
その時代にだけ存在していたコトらを今
大人になってそのコトらを無くしたのを
気づいた瞬間、コトらが宿っていた所が
妙にさびしく響いている　　　　痛みのようだ
ベッドに横たわっている私がその何かを
乳歯が抜かれた歯の間のギャップを舌で
いじるように爪で皮膚をヒリヒリかいて

痛みのようなものがなくならないように
傷を何度も突く。急に赤福が
赤福が好きじゃないのに。新しい食欲は
中古心臓のせいかダメなこころのせいか
わからないがわかったのは体が、細胞が
なくなった物事を今思い出しているから
「る」が「た」になる前に看護師呼んで
水を頼んで甘さのかげをその
涼しい液体で消して回復している内臓が
いつ食べれるようになるかを聞く

食べたい

スッキリ

ニュー

新入にニューがあるのを気づいてニューの渦巻きに渦巻かれる
ニューカム　　シンニュウカム　　ニュッケム　　Nukem
それは妙だ　　英語の発音通りにするとヌカムになるはずの Nukem と
New come
両方を味わってみると混乱する　Nukem　　New come
同じなのか違うなのか理解できない　　nukm　　nook um
母の言葉　母の母の言葉が不自然だ　それもニューだ

子供の時ゲーム機がなかったから
どうしてデュークニュッケムの名前を親しく思われるだろう
文化の速記

デュークニュッケムを聞くと九十年代のネオン色
ツボ頭のカットとモニュっと膨らむ筋肉
ロサンゼルスの派手な態度をゆったりしたサングラスの下に
デュークニュッケムが耳にミミズ　みみずってゆく

このリズムはベタベタしている
Duke Nukem
長長短　強強弱　逆バッカス格
古代ギリシャで最も珍しい音の並べ方
バッカスが逆さまになってゲームの遊びも逆さまになる
いやまって
長短短　強弱弱　なのか　ダクティルの指だったら
指でゲームのボタンをいじる　オナニに似ている仕草だと
よく男の子に言われた　だったら男の子のオナニが痛い

母は私に暴力的なゲームを遊ばせてくれなかった　もし私も
コロンバインのような十代になったらと恐れていた　だろう
つまり見るものと遊ぶものが自分のものになる
聞くものも　母の言葉も　自分がものになる
もの　　mono　　monkey　　モンキー
これも渦巻きの海流の一線　門に鍵をかけて渦の目に戻る

Nukem がニュッケムになったのはなぜだろう
情報の巣を探る
スイスイとウィキウィキと私は沈んでゆく
パッケージやバージョンによって色々な発音があるようだ
デュークニューケム　　デュークニューカム　ニューかむ　　かむ
渦巻かれている私は歯の先端に噛まれる　何度も
英語の最も妙な音を言うには
舌を噛まなくてはいけない

ð《有声歯摩擦音》　θ《無声歯摩擦音》
ユー・セー・トマト　私はthomathoを言う
舌に痛みが咲いて枯れて咲いて枯れて
私は他の人に伝えたいものがあれば
それは自分を傷つける必要がある
不自然な当たり前

この妙な音を持続している言語は
英語だけじゃないけど痛みの兄弟と比べれば
アラビア語　ギリシア語　ヘブライ語　ラコタ語
サウスダコタに育てられた私は
先住民を研究した母に育てられた私は
英語の貪欲を舌の痛みで実感して
空腹を飽き飽きさせるために
またニューで切る　ニューできる

歯の先端を研いで噛む

英語では先端はいくつかの意味がある　例えば
真新しい　ニューが泡だたされて浮かんでくる
Nukem の暴力　歯医者に磨かれた笑顔
ゲームのピカピカ　コロンバインの neurotoxin
ニューロ　　ニューロン　　ニュー論　　を述べる
Nuke は元々 nuclear の省略だからニュー原子にも
ニューが響く　日本語では原子と言うとへきえきする
暴力の種がここに撒かれている　このオチのようなゲームの
名前に　根茎から広がってゆく乱暴の裏側に
渦の底に海の涼しい指が私の襟足を優しく撫でる
この元に種があるはず　中核から生まれてくるニューものがあるはず
種核《しゅかく》があるはず　ニュー論の分岐の枝をさかのぼると
そこに　ものの元があるはず　けれど

安息日

夜遅く食事を食べ尽くしてろうそくをふっと消す
ニンニクヨーグルトソースで汚れたお皿を台所まで
みんなで運んでゆく
挨拶を交わしたら外に出て雨が降ったのを気づく
激しい冷たい風も北極から吹いてきた
私はマフラーを持ってくればよかったと思う
北極を恐れている雲が都市の光で
おりに銀色でおりに金色だけど印象は何より薄い幽霊の存在だ
目上の揺れている桜の花のよう
半透明な雲の体のかなたに月のうやむやに満月になろうとしている姿
今夜うさぎでも男でもない

月は世界を睨みつける
そのおもい鋭さに潰されそうな私は車に乗ってエンジンをかける
風がなければ温度が奇妙になる
暖かいとも冷たいとも言えない
空気がネバネバしている
吸うと息が止まりそうな質感で私の周りにギュッとしめる
これも月の実行だろう
走っていって私は公園の果てに沿って進む
赤信号で待たされると隣に車一台が
ゆっくりと揃えて止まる
この間誰かに最近車のペンキのキラキラが消えたなと言われて
今この車を見るとその通り
クリーム色マニキュアにそっくり
キラキラがなければ車の三次元性も不明確になる
液体のようなシャシーが

今この一瞬でも溶けたら私は驚かないだろう
隣の車の音楽が大きくてベースのドキドキが窓二重を通して
私までに響く
そのエンジンの唸り声が私の胸に沈む
街の光と同じくこの夜《よ》の音も
分厚い毛布の向こうから鳴っているのを私は確信している
鼻に気持ちいいブーの音を感じている
私はドラッグ・レーサー族にあった可能性はゼロではないから
横目で隣の車の運転席の人を
ちょっと見ようとする
眩しくて輝いている白い腕
細くて柳の枝のようなしとやかな手
ありえない隣の車から浮かんでくる紫の香り
重力が不安定になった　時間もこの気配に従った
今さら車の時計が間違っているのを気づく

私は月の目をもう一度感じる
体が海のように月の欲望に合わせて定期的に動き始める
そちへ内地へと思えば
すぐこちへ海へともかたむく
目の端からそのひらめいている柳の腕をまたちらっと見る
その指が持っているタバコのチェリーが
かすんでいる空気の中で赤く輝く
信号が青くなったら隣の車のタイヤがきしんで
エンジンが吠えてそのパテのような姿が
夜のもやに消えてゆく
五秒経ったら私もアクセルを踏んで車を走り出す
雲と共におびえて逃げている
金曜日なのに他の車はない
みんなは月の目を感じているようだ
みんなはその薄くなっている紫の香りを嗅いでいるようだ

アパートに着いてドアを開けたら猫が囚人のように自由の匂いをして
ニンニクと一緒に
私の足の間に滑って
廊下をパタパタパタと走っていく
隣の人が私の鍵を聞いて
友達が来たと間違えて思ってドアを開ける
よくあること
彼のアパートからもニンニクの香りがする

成長

空に小さく感じさせられたのは本当に久しぶり
壁ほど広く描かれている油絵を見るとその
子供の時の小ささを思い出させてくれる
二次元世界に雲の三次元存在を感じる
このような雲は草原にいないと
見られない自然現象で
草原からうさぎっぽく逃げた若者と
青空を満ちるモノは流れて
ついてくれんかった
絵の中に金敷きのように細い柱から
膨らんでいく雲の表面が

西に沈んでゆく日の光に
暖かい金になる

けれどその表面のしわが
嵐の約束で暗く
青く
曇るギャラリーの白い壁から
雨の匂いが優しく
やわらかく放ってくる
しわの中に私は
止められない気圧が見える

気圧も私の肺の中にいる
けど
その宇宙まで届く巨人に対して

私の力は砂粒ほど
草原にいない今の若者は
みんなこの気持ちを
忘れているだろうか
宇宙の銀河の地球の中の無意味さを
感じられなくなっているのか
砂粒になった心がギュンと
腕に力こぶを作るように硬く縮む
胸奥が変形に抵抗している

海辺や砂漠に見つける砂粒は
石英や長石
珊瑚や貝殻
数えきれない
地球の丈夫な物質でできている

砂粒ほど大きい肉のこぶに
なっている私もその
耐えられるような物質でできているだろうか
はるかかなたへ
雷の唸り声を耳より骨で聞いて
緊張した心がなんだかゆるむ
オゾン
光
音波
絵の中に油で立てられた雲が
スラスラ動きはじめる
私も動いている
雨の香りに乗って
私の小さな存在も
この油の海に流される

白中夢いゴワゴワとスカンクにかかった縮まった臭いカビ臭い陳腐うるさいクンクン柔らかい絹のような剛毛鋭い痩せこけたひょろっと生き生きした甘い牧畜穏やかな汚された虐待された凶暴な狩猟散歩飛び跳ね踊り太りむちやせ弄び巨大甘いビシャビシャ乾燥さむく暖かく癒し系親切な甘い舐めぺろぺろ小吠え年寄り若く醜い従順な荒れ果てた狡猾な黒茶色白灰色**私は**っ**いただければ**ぽ**犬を想像して**立**その**け賢い馬鹿な穏やかな早く嬉しく野獣的なムラムラ腹ペコ熱狂的な赤ん坊甘えん坊ほったらかしさっぱりと見栄っ張りなおしゃれな身なりし見窄らしい狂った瀕死病気寄生虫だらけ尻尾振りきまり悪いカタカタワンワン唸り番し引っ掻くガリガリ噛み飛び踊り眠り夢見くねらせクンクンちんちんし食べ飲みぬかるんだキチンと追跡嗅ぎ付け待ち見守り愛し追い探しとり働き殺しリウマチ痰性潤んだくしゃみし喘鳴洗ったばかり泥だらけノ**感触**らけ家庭の野生の待ちまだらのシマシマ臆病な授乳中の交尾し綺麗に盗み掘り隠しブルブルつやつや艶なしだらりと鋭敏なつめかき満足した喉乾いたノロノロうずくまる保護し挨拶し跳び上がり埋め裸な衣服の染めはあはあ歩き仕え良い悪いうんちし嗅ぎ尿し存在し柔らかいゴワゴワと**匂い**ンクにかかった縮まった臭いカビ臭い陳腐うるさいクンクン柔らかい絹のような剛毛鋭い痩せこけたひょろっと生き生きした甘い牧畜穏やかな汚された虐待された凶暴な狩猟散歩飛び跳ね踊り太りむちやせ弄び巨大甘いビシャビ

シャ乾燥さむく暖かく癒し系親切な甘い舐めぺろぺろ小**音**え年寄り若く醜い従順な荒れ果
てた狡猾な黒茶色白灰色青狼っぽい小柄馬っぽい忠実な庇い立て怠け賢い馬鹿な穏やかな
早く嬉しく野獣的なムラムラ腹ペコ熱狂的な赤ん坊甘えん坊ほったらかしさっぱりと見
栄っ張りなおしゃれな身なりし見窄らしい狂った瀕死病気寄生虫だらけ尻尾振りきまり悪
いカタカタワン**命**ン唸り番し引っ掻くガ**どっかの浜で**び踊り眠り夢見くね**どっかの山で**ち
んちんし食べ飲みぬかるんだキチンと追跡嗅ぎ付け待ち見守り愛し追い探しとり働き殺し
リウマチ痰性潤んだくしゃみし喘鳴洗ったばかり泥だらけノミだらけ家庭の野生の待ちま
だらのシマシマ臆病な授乳中の交尾し綺麗に盗み掘り隠しブルブルつやつや艶なしだらり
と鋭敏なつめかき満足した喉乾いたノロノロうずくまる保護し挨拶し跳び上がり埋め裸な
衣服の染めはあ**どっかの農場で**い悪いうんちし嗅**どっかの都市で**らかいゴワゴワとスカン
クにかかった縮まった臭いカビ臭い陳腐うるさいクンクン柔らかい絹のような剛毛鋭い痩
せこけたひょろっと生き生きした甘い牧畜穏やかな汚された虐待された凶暴な狩猟散歩飛
描かれた記憶踊り太りむちゃせ弄び巨大甘いビシャビシャ乾燥さむく暖かく癒し系親切な
甘い舐めぺろぺろ小吠え年寄り若く醜い従順な荒れ果てた狡猾な黒茶色**駆け足喜び憧れ**
小柄馬っぽい忠実な庇い立て怠け賢い馬鹿な穏やかな早く嬉しく野獣的なムラムラ腹ペコ

熱狂的な赤ん坊甘えん坊ほったらかしさっぱりと見栄っ張りなおしゃれさっぱりと見栄っ
張りなおしゃれな身なりし見窄らしい狂った瀕死病気寄生虫だらけ尻尾振りきまり悪いカ
タカタなしだらりと鋭敏**疲れ不安定満足**した喉乾いたノロノロうずくまる保護し挨拶し跳
び上がり埋め裸な衣服の染めはあはあ歩き仕え良い悪いうんちし嗅ぎ尿し存在し柔らかい
ゴワゴワとスカンクにかかった縮まった臭いカビ臭い陳腐うるさいクンク**あの最期**い絹の
では私閲毛脱**いただければ**た**この犬の命の詩を書いたのは誰かと教えて**汚された虐待された
私?暴な狩猟散歩飛び跳ね踊り太りむちゃやせ弄び巨大甘いビシャビシャ乾燥さむく暖かく癒
し系親切な甘い舐めぺろぺろ小吠え年寄り若く醜い従順な荒れ果てた狡猾な黒茶色白灰色
それともあなた?!っぽい忠実な庇い立て怠け賢い馬鹿な穏やかな早く嬉しく野獣的なムラ
ムラ腹ペコ熱狂的な赤ん坊甘えん坊ほったらかしさっぱりと見栄っ張りなおしゃれな身な
りし見窄らしい狂った瀕死病気寄生虫だらけ尻尾振りきまり悪いカタカタワンワン唸り番
し引っ掻くガリガリ噛み飛び踊り眠り夢見くねらせクンクンちんちんし食べ飲みぬかるん
だキチンと追跡嗅ぎ付け待ち見守り愛し追い探しとり働き殺しリウマチ痰性潤んだくしゃ
みしぜ喘洗ったばかり泥だらけノミだらけ家庭の野生の待ちまだらのシマシマ臆病な授乳
中の交尾し綺麗に盗み掘り隠しブルブルつやつや艶なしだらりと鋭敏なつめかき満足した

燃料

運転できるようになった年から
ずっと同じふけってきた空想を
運転席に座った瞬間また想像する
スーパーに向かうつもりだった私は
いつものスーパーをとばして
西へ向かって音楽を十代の私のまねに
とんでもないほど上げる
ビートが大きくなってなるほど
自分の頭の中の騒ぎが小さくなる
ただあのロック歌手らのように叫べば
反芻している思考の沼を抜き取って

礼儀正しい社会に役立ちそうな
整備できそうな土地になれるんだと
無意味に信じ続けている子どものままだ

これが私の空想なんだ
いや、実は母から受け継いだ夢なんだ
母も運転できるようになった年から
ただずっと西に向かって止まれずに
中西部の永遠さを味わえたらと
時々車の中の私に打ち明けてくれた
共感できるようになっていない子どもだったから
もちろん私は母と一緒にその空想に乗っていた
母娘という決まり文句は一言ではなく
二言だとまだ気づいていなかったが
今一言になった私は味わいたい

だれもいない車にだれもいない道
遠ざかる消失点に枯れ去った木一本さえない草原
雲で汚れていない空色より薄い空
もういいと言ったときの解き放ち

エンジンをかけたらCMがラジオから爆発して
空想をスカッと散らす
一ヶ月中マットレスセール、今今今
今あなたは現実にいますから社会に戻って
あなたの沼をこのありふれたセールに
ぜひ引きずってください
そのあとスーパーに行ってセールの冷凍食品も
数品買ってそれで持続してください
私はブレーキをそっと外して
アパートの駐車場を出て西に向かう

道の穴が先週より深くなっているような気がする
車の車輪がぽこっと穴に入って出る
交差点の信号が赤から青に変化していく

皮

子供の頃はゴールド・ラッシュのあとのエドマンドになりたくて
その塩風呂に洗われて脱皮されて脱鱗された
死物の衣服を感覚的に脱がされる途中

葡萄の満足をビッショ浸してくれ
苦い皮が剥がされたあまり甘くて禁断の
目のような小球を大臼歯の間にプチッと噛まれる

えぐいくっつくオレンジの香りをつけてくれ
生意気に幼児の唇の間から表される
白い実の筋の付着した柑橘の笑顔

遊楽を描いてくれ、そのニキビがよく
潰されたかそのかさぶたがよく剥がされたか
その日焼けがよく剥かれたか下にヒリヒリしたややの皮膚の

夏と冬と果肉の間に軽く薄く、ざくろの
完璧なつぶつぶの上に伸ばされている粘膜
水中で注意深く引っ張るだけではがされる

これは猿脳のなだめ行動か、ある不完全が
一時的に完全になったという、ある寄生虫が
掴み取られて一座の一人に食べられたという知識か

それともタネがまかれたスリル、命が胃腸の
迷路を通して別の森のどこかに

自由にされたという知識か

それともしてはいけないことを
してしまう甘い遊楽と苦痛、乳歯を失う前の
いじることか皮膚のむず痒さを割れるまでかくことか

倒された化け物の皮下の肉に
寂しいばかりのバカな少年の体から
切り身された脂肪と筋に何が現れる

順番に蜜かかった酢づけた果物が
蛇々と神々に囲まれた木々から盗まれたが、
私たち人間の舌のためにじゃなければ

どうしてざくろがあんなに甘ったるく、りんごがあんなにシャクっと

オレンジがあんなに酸味の、葡萄があんなにプチッと、桃があんなに
柔らかく、バナナがあんなにクリーミーに、柿があんなにサクサク

口の中に血と汁が混ざって、この罰を耐えるほど
価値のある味だ。腕に金がキラキラと、
変身されるほど値段のある遊楽だ

誤りを挙げて、赦しをもらって、悔いても
私は後悔しないから聞いてごらん

あなたはやり直すか

この遊楽、この苦痛、この裸の欲望のため
白い筋の割れ音と果実の油の吹き付けのためなら
直さない直さない直さない

血が海

乳房に海がたたいている
乳房にて
海にいた先祖の思い出が
シオにて
薄塩水の化学より生命の
電波にて
化学平衡外のナニカが海
からにて
ナニカらは外にも内にも
塩分にて
塩分の糸と塩分の糸が縒

空気にて
海を乳房に持って這って
ミミズにて
ニュルッとしたナニカが
ツチにて
寒くつれなく青黒い穴が
くそにて
ナニカが骨を棒に編んで
肉食にて
血管に海がながれている
過去にて
肉に血にシオに海にツキ
重ねつつ
細胞膜ほど薄くて脆くて
幻想にて

編まれた骨が肉を切って
なんっと
しょっぱくて柔らかくて
よだれにて
腹に海の脈がとんと打つ
心臓にて
ナニカらの子ナニカらの
ためにて
平衡を抵抗するナニカら
持続にて
心臓にも腹にも子宮にも
負いつつ
脳にも睾丸にも肝臓にも
負いつつ
夜中によだれ出たときは

欲望にて
昔を懐かしむ寂しい時は
海岸にて
海の匂いと脈とナニカを
自分にて
そして自分が事前に海があった
ことにて
思い出して
これからにて

ツナ・キャセロール

あなたがあざける
ツナ・キャセロールを
食べながら

構わない
食べているのは私だけ
ネオンの橙色缶詰
幼少期

説明しようとする

夢の幽霊のようだ

ハムレットの父のよう
バンシーのよう
祖母のよう

睡眠まひのことか？

夢が
現実でないことを
知りながら

何もかもリアルじゃない
言はリアルじゃない
事はリアルじゃない

構う
構って構う

私の夢は覚えてないから
これでも
あれでもない

しかしリアル
というのは
私たちがお互い様
作っていくこと

うん

夢の幽霊が
出没することを
見てしまう

あなたの指の傷跡
そばかすまみれ
何年前亡くなった猫の
贈り物

私は幽霊ないかも

みんな幽霊ある

裁縫クラッチに
死女の匂い

いつか私はあなたの
幽霊になる

私たちは信念で
意味を集めていく
無関心の神のため
じゃなく

私の幽霊と一緒に
意味を集めるのを
寂しく思う

翻訳者、反逆者

この詩の中の過ちは全て私が起こしたものであるうえ
作者の過ちであるまい

語彙の間のマに沈黙があるといっても
その沈黙が無体なものではない
弾いてみればキーとなる筋がある
見えない沈黙の筋の線が
ガットか弦線でできているというより
テンションでできている曖昧な
緩みを息から生み出されているものだ
肺を膨らんで縮んでまた膨らんで

その頂点を掴んでみれば
テンションの原料を舌でかすかに味わえるだろう
原料を舌に留めて昔の恋人を見つけて
キスしてみれば味がよほど
濃くなる　これが精製の第一歩だ
昔の恋人をもう一度キスすると
味が及んで薄くなるから
どんなに昔の気持ちをよみがえらせたいと思っても
唯一のキスにしてください
精製になった原料をはいて
ロクロにがちゃんと叩きつけると
言語の塊が始まるが
塊があんまり小さすぎれば
第一歩を繰り返してください
何度も　別の昔の恋人と

半分沈黙のテンションになった塊が
懐かしい息で生々生しくなったら
亡くなった祖母の手作りおやつを食べて
しょっぱく甘くなった唾液を
力強く恨み濃く吐き出して
痛いほど塩辛いこどくのかぎりを
練り込んでください
結果として生じた粘土があんまり硬すぎれば
家族の絆をステンレス鋼ハサミで
一発で切ってください
金や銀といった柔らかい金属は勧められない
揉みやすくなった粘土を
アンフォラ状に形作って
乾くまで置いておく
そのマに、その沈黙の沈黙のマに

今までに泣かせた記憶を
リサイクルするつもりだった新聞紙に
落書きしてください
描画能力は関係ない　棒人間でもいいから
サラサラと書いて自由に
構わずに紙を濡らす　墨の海が現れるまで
真っ黒になった記憶を
クルクルと巻いてこれが窯の薪になる
黒い記憶が白い灰に燃えるまで
乾いたアンフォラを焼く
薪の匂いがタバコに類似したら
炎の温度がぴったりだというわけ
言語の火葬だといえば
言語の復活でもいえる
出来上がったアンフォラ

言葉で言い尽くせないそのすーんとした
はかなくヌバ玉の
反射せず全ての光を吸い込むそのアンフォラを
チンプンカン
重たい幼い詞で粉々にする
ガタガタチャラチャラ
バンバンカンカン
できるだけ小さなカケラにしてください
そのアンフォラのガラガラ殻のカケラを
小さくて小さくなるほど
墨色の間のひび割れが多くなるから
レイレイかすかなるカケラのマに
やっと　とうとう
テンションの筋をスーと優しく辛く
引かれるだろう

微妙 (bʲi mʲjo̞ː) adj

a difference so slight as to be inexplainable

微 - delicate, minute 妙 - exquisite, strange, mystery

In other words, periperceptible

Ex：何かがそこ	I redewelken something
そこで待って	waiting there
いるような気	being there, maybe
が	but
微妙	periperceptible

偉い (e ɾai) adj

a contradictory term meaning both excellent, powerful and awful, terrible

偉 -tremendous, great; from ゑらし -first, foremost

In other words, fory

Ex：えらい目	A fory eye
が瞬き	blinks
その瞬間に	in that instant
逃げる	I run

An Abbreviated Japanese-English Dictionary
和英簡約辞典

ambivalent (æmˈbɪv ə lənt) 形

ものに関する態度が相反している状況を表す

ambi- 両側、-valent 強い

つまり両強

例：My ambivalent self my	両強な私の
dithering self my	ためらう私の
time slipped self	時スリップの私

awkward (ˈɔk wərd) 形

舌が言葉に結ばれて体が状況に引っかかって

自分がとても

不安になる気分

awk- 逆さまに、-ward ～へ進む

つまり逆進

例：Awkward I	逆進な私
am awkward	が逆進
ly tripping toward	につまずく
the event horizon	事象の地平線へ

あの期待から	from that path
外れる私が	from those expectations
流れるより	so long as I'm swimming
泳ぐ方であれば	rather than drifting
続けられる	I think
かもしれない	I can go on
ここで	Can't fuck
死んじゃだめ	here

気 (k^{j}i) n

a word English speakers pretend to know
because they have seen too many kung fu movies
in actuality, that which is integrated in
the movement
or state
or the work
of the 心 (see next entry)
and also that which causes
氣 originally the act of divining clouds
which then were not discrete from human vapors
In other words, redewelkin

Ex：このまま	Just so
終わるかもと	I feel redewelkin
その気が	This might be

逆進に　　　　　awkwardly
前に、後ろに　　but where
どちらかは　　　towards or away
わからない　　　I don't know

fuck (fʌk) 動

セックスの行動を表す下品な言い方
失礼として使う場合もあれば意味を強調する場合もある
語源不明
が
あまり汚いものであれば
「死ぬ」に近くない？

例：Let's fuck　　　　一緒に死のうか。

外れる (ha zɯ̥ ɾe ɾɯ) v

to slip outside of, as with a loose part, a strange person off the beaten path, a losing lottery ticket, a missed goal
外 - outside、はづる - to go out, to part, to leak out
In other words, utia (past: utiae, participle: utian)

Ex. : あの道から　　　　If I utia

流れてしまった	to the heart
主観から	Subjective
客観へ	to objective
腰から	Waist
胸へ	to chest
心	Kernel

寂しがり屋 (sa bʲi ɕi ga ɾi ja) n

one who tends toward loneliness and as such longs for people all the more

寂し -lonely (stem)　がる - shows signs of (nominalized)

屋 - purveyor of, traited with

In other words, desolist

Ex：その気持ちが	That redewelken feel
身びしょびしょ	sinks in
染み入る	saturates the body
その青くなった	The blued
寂しがり屋は	desolist
死に無関心	still
のまま	indifferent to fucking

して	the end
吸って	Inhale
吐いて	exhale
外れる	utia

心 (ko̥ ko̝ ɾo̜) n

that which is the root of human reason,
knowledge, feeling, and will, but not the soul

心：  Origin unclear
though
speculation is rampant
Perhaps it is the kernel
in the waters
which were there
before even Creation

Ex：ある感が元々	A feeling once found
肝にあったのに	in the liver but
時代に従って	in accordance with the times
感が真に	feeling lost
負けて	to truth
心臓へ	and flowed finally

つまり誠似物《せじぶつ》

例：	I am unsure	私は
	now	今は
	of truth, of real	本当の、リアルの
	of fact, of veritas	誠の、真理のが
	almost as if	不安だ、まるで
	verisimilitude is	誠似物が
	reality	現実のようだ
	Fuckless	死なない
	deathless	不死
	swimming the currents	気の
	of redewelken	潮を泳ぎ
	Inhale	吸って
	Exhale	吐いて
	Awkward	逆進な
	desolist	寂しがり屋
	but okay	が okay

uppity (ˈʌp ɪ ti) 形
ずうずうしがり屋、またはかどかどしがり屋
up- 上 -ity 形容詞を名詞に変更する接尾辞
つまり上《うわ》ましい

例：Just like an　　　　上ましい
uppity little bitch　　バカ女の通り
I was supposed　　　私は形容詞じゃなくて
to be nominal　　　　名詞になる
not adjectival　　　　はずだったが
yet here we are　　　見てごらん
our objective reality　我らの客観的な現実
our periperceptible　我らの微妙な
kernel　　　　　　　心が
respires in　　　　　誠似物に
verisimilitude　　　　呼吸する

verisimilitude (ˌvɛr ə sɪˈmɪl ɪˌtud, -ˌtyud) 名
真実に、本当にありそうな物事だが本当はそうでもない
veri- 真の、誠の、実の、本当の
simili- 似る、のような
-tude 形容詞を名詞に変更するラテン語からの活用

点滴

私は涙を一粒一粒流している蛇口の声を妄想している
その蛇口は私がいないうちに
アパートの血管が凍らないように一ヶ月もすすり泣き続けている
アメリカのアパートも低体温になれると思わなかったけど
大家さんからのメールを読んで勉強になった
暖房をつけっぱなしする我々アメリカ人のアパートも
中身を空にすると死ぬことはあるようだ
はいぜひ点滴をうちのアパートにつなげてくださいと
返信してすぐその水分が耳に響いてきたような気がした

日本で一回アパートを殺してしまったことがある

まあ殺したというより放置死だと言った方がいいかも
アメリカと違って日本のアパートを寒さから救うつもりであれば
血管まで空にしなければならないのだ
凍結乾燥させたアパートの体が蛇口の声さえなくなったら
頭に響かないだろうと思ったら
帰ってきたらその血管の中の氷が水道からズルズルと
這ってきていて私は水を入れても暖房をつけても
アパートの声は戻ってきてくれなかった
救急車を呼んで大家さんも呼んでどうやら
心肺機能蘇生法か電気除細動器か何かで
アパートを甦らせてくれた
グレイズ・アナトミーみたいな病院ドラマを見ない私にとって
このような衝撃的な活動を見るのが初めてで
テレビを見ている時と同じくぼうっとして
他の人間の焦りに対する自分のダラダラするくせで

恥ずかしくなりつつだった

次の冬に海外に行くことになった時
自分が吸血鬼になってアパートの生命線の流れを
遠慮せず後悔なく断《た》った時だけでアパートが
無事に人のいない冬に耐えられるようになる

日本でもアメリカでも住んだ吸血鬼の私は誰もいない冬を
どうやって我慢すべきだろう
制御されたペースで涙を流すべきだろうか
自分の生命線を他の吸血鬼に任せるべきだろうか
でも吸血鬼だって完全に生きているものじゃないし
凍るはずがない化け物だというわけだから
冬の到着を心配する必要もないはず

なのに

頭の中で今のアパートの鳴き声を幻覚しながら
この完全に生きていない私の吸血鬼への変化より
アメリカの環境にも日本の環境にも適っていないかもしれない
一ヶ月がたったら帰るつもりだった私は
別の居場所に移動しようと決めて
吸血鬼のふさわしいところをググってみる

帰り道

帰り道に公園を渡り切るわたしは
タイムスリップして未来に迷った巫女を見た
わたしの今日は彼女の想像もできなかった存在
けれど彼女の存在もわたしには考えもつかない人生だ
彼女の立場から液晶の神を礼拝するわたしたちはどう見える
神社や教会がこんなに小さく建てられるなんて
指紋や顔認識で神を呼び出せるなんて
わたしの立場から巫女の胸をたたいて鈴を鳴らしている姿が
どんなに果てもないほどの自由に見える
わたしたちは互いに自分をほかのなにかの手に信用を申し上げているのに
巫女も現代的な礼拝ができるようにスマホを渡してあげる

言語が通じないけれど
彼女はまわりの黙礼している人々の様子で
これからやるべきことをもうわかっている
わたしはかがむ
巫女はかがむ
互いに踊りの一歩を取ってわたしたちは口寄せする
「ヘイシリヘイシリヘイシリ」
「ウルルルルル」
スマホのスピーカーから神の甲高い声
AIの神様がわたしたちの祈りをうかがうように
「すみません、よくわかりません」
公園の光さんさんたる柏の下に
わたしも巫女も黙示の気持ちに身を任せる
周りの人たちも参加してみんなで祈りを叫びだす
狂った汗をかいている礼拝者の真ん中に神様はおっしゃる

あなたも神様の言葉を拝聴
「私はバーチャルアシスタントです。
人間では
ありませんが、
いつでもお話相手になりますよ。」
「すみませんが、それはできません。
何かほかにお手伝いできることは
ありませんか？」
なんと寛大な神
なんと邪悪な神

わたしたちの足は土に輪を掘ってゆくが
神様がおっしゃっておっしゃるほどわたしはそっと身を引く
巫女も礼拝者の輪から出て太陽の焼く視線で
二人で地球の生まれを観察する

わたしと巫女が服装を交換して背を生まれたての地球に向ける
どうせ彼女のリアリティはもうバーチャルになっていたし
わたしもずっと異端者の在り方を試してみたかったし
今のリアリティが過去のリアリティと互いにかがみ合って
その違いでわたしたちの世界画面をひび割れて笑う

インカレポエトリ叢書XXIX
Human 構造
二〇二四年十一月三〇日　発行
著　者　ローレル・テイラー
発行者　後藤　聖子
発行所　七月堂
〒一五四—〇〇二一　東京都世田谷区豪徳寺一—二—七
電　話　〇三—六八〇四—四七八八
FAX　〇三—六八〇四—四七八七
印刷　タイヨー美術印刷
製本　あいずみ製本所

Human kouzou

978-4-87944-591-9　C0092